SP
FIC
CRE

32489109019155
Creech, Sharon.

Abu Torrelli hace
sopa

$11.19

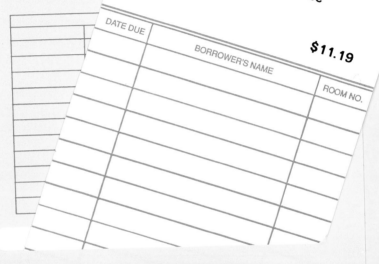

DATE DUE	BORROWER'S NAME	ROOM NO.

Abu Torrelli hace sopa

Abu Torrelli hace sopa

SHARON CREECH

Traducción: Alberto Jiménez Rioja

entre libros

Barcelona

© 2003 by Sharon Creech

Título original: Granny Torrelli Makes Soup.

© 2004 Editorial entreLIbros, Barcelona,
en lengua castellana para todo el mundo.

Traducción: Alberto Jiménez Rioja

Primera edición: septiembre 2005

ISBN: 84-9651700-4

Printed in Spain - Impreso en España.

Romanyà-Valls-Capellades, Barcelona.

Depósito legal: B-36.788-2005

Para mi nieta
Pearl Bella Benjamin

En memoria de mi abuela
Marianna Fiorelli Licursi

y para mi madre
Anna Maria Licursi Creech

Índice

II. Pasta

I. SOPA

Ese Bruno. . .

¡Bruno, ese Bruno!
Me dijo:
—¡Pero qué creída eres, Rosi!

No era un cumplido.

Yo dije:
—¡Bruno, el supercreído eres tú!

Lo que demuestra lo furiosa que estaba, decir algo tan idiota.

Estoy furiosa

Bruno, que es normalmente tan agradable, Bruno, mi vecino, mi colega, mi compañero de toda la vida, el que me conoce mejor que nadie, ese Bruno, ese Bruno me tiene furiosa, ése es el Bruno al que hoy odio.

La abuela Torrelli dice...

Mi abuela Torrelli dice que cuando estás enfadado con alguien, tan enfadado que piensas cosas odiosas, tan enfadado que te gustaría pegarle un puñetazo, entonces tienes que pensar en las cosas buenas que ha dicho, tienes que pensar en por qué te cayó bien cuando lo conociste.

Abu Torrelli es siempre tan razonable, tan calmada, tan paciente... excepto quizá una vez, cuando un hombre intentó entrar en su casa fingiendo que venía a leer el contador de la luz: le aplastó el pie con la puerta y luego agarró una escoba, abrió la puerta de nuevo y empezó a darle escobazos en la cabeza, mientras gritaba que tenía una pistola (que en realidad no tiene) y que la usaría si se veía obligada a ello.

Después le dijo que era una excusa patética ir fingiendo ser lo que no era para aprovecharse de las ancianas (aunque por lo general no le gusta nada que la llamen anciana).

¿Por qué me gusta Bruno?

¿Por qué me gusta Bruno? Para empezar: Bruno ha estado siempre ahí. Nació en la casa de al lado, una semana después que yo; hemos crecido en compañía, nuestras madres cerca, Bruno y yo juntos, en el césped, en el porche, en el suelo, jugando con cubos y palas y barro y gusanos y nieve y lluvia y charcos.

"Ayuda a Bruno", era lo que nuestras madres me decían. "Ayúdale, ¿de acuerdo, Rosi?". Y yo lo hacía. Siempre ayudaba a Bruno, era mi compañero, mi compinche, mi amigo, mi colega. Íbamos al zoo, íbamos al parque, celebrábamos juntos los cumpleaños.

¡Qué sonrisa la de ese Bruno! Sonreía casi todo el tiempo, gesticulando, con las manos frente a la cara, barriendo el aire. Rostro pecoso, pelo de punta muy suave, el tranquilo chico Bruno, pero no demasiado tranquilo, no mandón, no egoísta, no malo, no normalmente.

Yo fingía que era mi hermano, sólo que era mejor que mi hermano porque yo lo había elegido y él me había elegido a mí.

¿Por qué entonces ha tenido que ser tan hiriente? ¿Por qué tuvo que decir: "¡Qué creída eres, Rosi!"? ¿Y por qué utilizó ese tono tan frío y me cerró la puerta en las narices como si yo no fuera nadie?

Abu Torrelli hace sopa

Abu Torrelli se acerca a casa; dice que esta noche me cuida ella. Va a hacer sopa. Lo dice así:
—¡Voy a hacer sooo-paa!

Empieza a rebuscar en el frigorífico y va escogiendo: acelgas ("esto es el verde", dice), zanahorias ("esto el naranja", dice), cebollas y champiñones ("éste es nuestro blanco", digo yo).

Rebusca en el frigorífico, saca unos trozos de pollo y los descongela en el microondas, se hace con la gran cazuela roja, la llena hasta la mitad con agua, agrega sal y pimienta y un chorro de salsa de soja.

Me tiende un cuchillo y chop, chop, chop, todo termina en la cazuela, y muy pronto la cocina se llena de un olor estupendo.

Y entonces dice:

—Muy bien, Rosi, ¿qué te pasa?

Yo contesto:

—A mí no me pasa nada.

Ella dice:

—Tal vez engañes a otra gente con esa cabeza tan lista que tienes, pero no puedes engañar a Abu Torrelli.

Quiero mucho a Abu Torrelli, siempre haciendo cosas buenas, siempre tan calmada, tan paciente, siempre hablando de mi cabeza tan lista.

¿Vas a decírmelo?

Abu Torrelli rebusca en el armario, saca las estrellitas de pasta, añade más sal y pimienta a las cosas buenas que hierven, vierte la pasta en la cazuela y pregunta:

—¿Vas a decirme lo que ha pasado? ¿Vas a contarme por qué tienes los ojos tan pensativos?

Extiende la mano y me toca muy suavemente justo debajo de los ojos. Siento cosquillas.

Digo:
—Oh, no es nada. Es sólo ese Bruno.

—¿Ese Bruno? —dice—. ¿Ese Bruno? ¿Tu amigo, tu compañero, es que hay otro Bruno?

Levanto los hombros y los dejo caer de nuevo.

—Rosi, ¿por qué estás tan triste, tan pensativa con Bruno? ¿Está enfermo?

—No, no está enfermo —digo—. Salvo de la cabeza, quizá.

Abu Torrelli chasquea los labios:
—Rosi, ése no es modo de hablar de tu compañero, de tu amigo Bruno.

Frunce el ceño, como lo fruncíría un payaso, y hace como que está llorando:
—¡Bú, bú, bú! —gimotea—. Ese Bruno me ha puesto *molto* triste. ¡Bú, bú, bú!

Abu Torrelli me hace reír.

Pardo

Abu Torrelli me alcanza la cuchara de madera. Remuevo la sopa. Huele muy bien: el verde y el naranja y el blanco dan vueltas en el caldo de pollo.

Estoy pensando que quizá le cuente lo de Bruno, cuando Abu pregunta:

—¿Te he contado alguna vez lo de Pardo?

—Pardo —digo—. Par-do.

—¿Qué? —dice—. ¿Te parece raro?

Nunca había oído antes un nombre así.

Abu Torrelli acerca mucho su cara a la mía. Tiene el rostro cubierto de pequeñas manchas marrones, más grandes que las pecas de Bruno.

—¿Pardo? —dice—. ¿Te suena raro?
Retuerce la boca y dice nuevamente el nombre,
muy despacio:
—Paar-do, Paar-do.
Hace una mueca:
—Sí, supongo que suena rarito.

—Pero te diré —continúa— que Pardo era mi
compañero, mi amigo. Éramos uña y carne —dice
cruzando el pulgar y el dedo índice con mucha
fuerza—. Éramos inseparables, Pardo y yo, yo y
Pardo. Era un chico delgaducho, de pelo negro
rizado, enormes ojos negros y... ¿sabes qué?, tenía
una sonrisa, ese Pardo, una sonrisa igual que la de
Bruno, ese Bruno que es tu amigo, tu compañero.

—Y yo quería a Pardo —dice Abu Torrelli—,
quería tanto a Pardo... quería que estuviera conmigo
todos los minutos de todos los días.

Abu Torrelli olisquea la sopa:
—Remueve —dice.
Yo remuevo.

—¿Qué clase de ensalada quieres? —dice.

—La de tomates.

—¡*Eccola*! —dice revolviendo en el frigorífico, de la que saca dos tomates y un poco de perejil; luego va en busca del aceite de oliva que tiene en la encimera, me tiende un cuchillo, troceamos los tomates.

—¿Cómo es que no te casaste con Pardo? —pregunto.

—¡Oh, venga, Rosi! —responde.

—Por favor, por favor —suplico—. ¿Por qué no te casaste con Pardo? ¿Por qué te casaste con el abuelo?

—¡Oh, vamos, niña Rosi! Éramos muy pequeños, Pardo y yo, no éramos más que unos niños. *Bambini.*

Como Bruno yo, pienso. No somos más que niños. Niños de doce años. *Bambini.*

Bambini

Éramos pequeños, Bruno yo, puede que tres o cuatro años, y jugábamos en el suelo de la cocina. Carmelita (su madre) y mi madre se sentaban a la mesa, y de repente Carmelita se cubrió el rostro con las manos y lloró y lloró.

Cuando volvimos a casa, le pregunté a mi madre por qué Carmelita había llorado tan desconsoladamente y tanto rato. Mi madre me subió a su regazo y respondió:

—Está preocupada por Bruno.

—¿Por qué? —pregunté.

—Porque Bruno no ve muy bien. No como tú y como yo.

Entonces mi madre me puso un pañuelo de papel sobre la cara y me giró hacia la luz.

—Así —dijo—. ¿Te das cuenta de qué borroso se ve todo? Pues así es cómo ve Bruno.

Podía ver manchas de blanco donde estaban las ventanas y la luz dorada de las lámparas y la sombra oscura del horno. Moví la cabeza a un lado y a otro.

—Por eso se cae —dijo mi madre—, y se tropieza con las cosas.

—¡Yo me caigo! —dije—. ¡Yo tropiezo!

Mi madre me quitó el pañuelo de la cara y me besó la nariz:

—Sí —dijo—, te caes y te tropiezas.

Me puse el pañuelo de nuevo, me bajé de su regazo y fui andando por la casa tropezándome, con el pañuelo cubriéndome el rostro, dando manotazos en el aire delante de mí.

Supongo que me llevé a la cama el pañuelo de papel, porque a la mañana siguiente, cuando me desperté, lo tenía sobre la cara.

Lo sentí en ella antes de abrir los ojos y, en la oscuridad de mis párpados cerrados, pensé esto: "Por la noche Bruno y yo vemos igual".

Igualita que Bruno

Yo quería ser igualita que Bruno, y quería que Bruno fuera igualito que yo. Si llevaba playeras verdes, yo quería playeras verdes. Si podía hacer un salto mortal, yo tenía que hacer un salto mortal. Si yo tenía un pastelito, le daba la mitad. Si tenía una nueva caja de tizas de colores, teníamos que comprarle a Bruno una nueva caja de tizas de colores.

No quiero ni hablar de lo que pasó cuando llegó lo que se suponía que iba a ser mi primer día de escuela.

—¡Un *disastro*! —dijo mi madre después.

Tan pronto como mamá abrió la puerta delantera esa mañana, crucé el césped a toda velocidad hacia la casa de Bruno.

—No, Rosi —dijo mi madre—. Bruno no viene con nosotras.

Yo como si nada. Subí los escalones y aporreé la puerta:

—¡Bruno, date prisa! ¡Bruno, es la hora del colegio!

La puerta se abrió. Mi madre venía detrás de mí. Carmelita estaba allí, de pie, con los labios muy apretados.

—¡Trae a Bruno! —dije—. ¡Es hora de ir al colegio!

Carmelita se arrodilla junto a mí:

—Rosi, cariño, Bruno tiene que ir a un colegio diferente.

—¡No, no, no, no! —exclamo, paso por su lado y subo las escaleras a todo correr.

—¡Bruno, Bruno, Bruno!

Le veo sentado en el suelo de su habitación, haciéndose un lío con los cordones de sus zapatos:

—Yo te ayudo, Bruno. ¡Es hora de ir al colegio!

Yo, una niñita pequeña, actuando como una madre.

Me arrodillo. Bruno pone su cara a poca distancia de la mía, tan poca que nuestras narices se topan. Huele a dentífrico.

—Rosi —dice—. Rosi, ¿puedo ir contigo?

—¡Sí! —contesto.

Pero entonces mi madre entra en la habitación, se agacha, me levanta, yo pataleo y grito, y ella dice:

—Rosi, ven conmigo. Verás a Bruno más tarde.

Me sigo oyendo decir a Bruno cosas a gritos mientras mi madre me saca de la casa, me mete en el coche, me ata el cinturón y arranca, y yo continúo chillando y llorando y pataleando en el asiento de atrás. Y mi madre frena, me saca del coche y me lleva a los columpios, donde nos sentamos durante mucho, pero que mucho rato.

Cuando por último llegamos al colegio no quiero soltarme de su mano, y no digo mi nombre, y no canto la canción, y no juego con los bloques en la casita, y no bebo el zumo, y no hago, no hago, no hago nada en absoluto porque Bruno no está allí.

Ahora tengo doce años y, cuando recuerdo aquel día de escuela, estoy segura de que la maestra pensó que yo era una niña perturbada de narices.

Levanta los pies

La sopa está casi hecha. Abu Torrelli se sienta y pone los pies en alto:

—Venga —dice—, siéntate tú también. Levanta los pies.

Siempre hace eso cuando comemos: opina que la gente se da demasiada prisa. Le gusta que pasemos unos minutos oliendo la comida y relajándonos antes de zampárnosla.

—Ojalá tu papá y tu mamá estuvieran aquí con nosotros —dice.

—Trabajan demasiado —contesto.

Exhala un suspiro:

—Todo el mundo trabaja demasiado, lo sé —dice—. Trabajo, trabajo, trabajo. Hay que pagar las facturas. A trabajar un poco más. Sabes por qué, ¿no?

—¿Por qué trabajan? —respondo—. Para pagar las facturas.

Abu Torrelli cruza los brazos sobre el pecho. Es una mujer rellenita, blanda y suave, pero mi madre, su hija, es más bien flaca. También yo soy delgaducha.

—Quieren que tengas un buen techo sobre la cabeza, quieren buena comida en tu estómago, y quieren que tengas zapatos nuevos antes de que les salgan agujeros a los que llevas.

Me mira los pies y pregunta:
—¿Esos zapatos tienen agujeros?

Muevo los dedos de los pies dentro de los zapatos. Estoy tentada de decir que sí, pero no lo hago.

—No, no tienen agujeros.

Abu mueve los dedos de *sus* pies:
—Bien. ¿Vas a contarme ahora lo de Bruno?

Así funciona Abu Torrelli contigo: te distrae, te hace hablar de tus zapatos y entonces te pregunta lo que realmente quiere saber. Tengo la intención de estudiar con detalle cómo hace esto. Puede resultar de gran utilidad.

—¡Oh, ese Bruno! —digo—. ¡Ese Bruno se lo cree tanto!

—¿Bruno? —dice—. ¿Quieres decir ese Bruno, el Bruno de la puerta de al lado, tu amigo, tu compañero? ¿Estás hablando de algún otro Bruno al que no conozco?

Estoy deseando decírselo, pero no se por dónde empezar. Quiero contárselo bien, quiero que esté de mi lado, quiero que esté de acuerdo conmigo.

—¿Sabes por qué tiene todas esas cosas especiales que tiene? —pregunto.

—¿Cosas especiales? ¿Qué clase de cosas especiales?

—Ya sabes, libros grabados y libros en Braille y ...

—Oh —responde Abu—, esas cosas especiales. Espera un segundo, tengo que hacer una pequeña pausa —añade, y se levanta para ir al baño.

Durante el rato que pasa en el baño pienso en el pasado, cuando le enseñaba el alfabeto a Bruno y él mantenía la pizarra pegada a la nariz, pero era incapaz de ver las letras, y a mí se me ocurrió utilizar tizas muy gruesas para escribir las letras. Yo dibujaba BRUNO con grandes letras blancas y él, con la pizarra junto al rostro decía B-A-I-... y su madre, Carmelita, entró en la habitación en ese momento, se llevó las manos a su preocupado rostro y dijo muy aliviada:

—¡Oh! ¡Rosi! ¡Qué gran idea!

Luego se sentó en una silla y meneó la cabeza.

—Tendría que haber pensado en eso —añadió—. ¿Por qué no lo pensé?

Esto último lo dijo con un aspecto tan triste que me sentí casi como si hubiera hecho algo indebido.

En aquella época pensaba que le podía enseñar a Bruno todo lo que yo aprendía en la escuela. Pero después, quizá al año siguiente o al otro, le dieron a Bruno los materiales en Braille. Yo no conseguía entender aquellos puntitos; intentó enseñarme, pero yo no lo captaba, no era capaz. Bruno podía leer con sus dedos: parecía un milagro que sacara algo en limpio de esos bultitos que sobresalían de la página.

Le dije a mi madre que quería los materiales Braille.

—Me ocuparé de ello —dijo, pero se le olvidó, y cuando se lo recordé repitió—: Rosi, me ocuparé de ello.

El tiempo pasaba, Bruno aprendía más y más y yo tenía la sensación de que me estaba quedando rezagada. Y un día que me estaba leyendo un libro en Braille, desplazando muy suavemente los dedos sobre la página, le quité el libro de un tirón y rasgué una hoja, y le dije que había sido un accidente, que lo había hecho sin querer.

Pero sí que había querido.

Teatro

Hacíamos funciones, Bruno y yo, todo el tiempo, desde que puedo recordar. Cuando éramos pequeños las funciones trataban de una mamá, un papá y un niño (que normalmente era un peluche) o de una hermana y un hermano. Nos inventábamos historias sobre la marcha. Recuerdo que un día, haciendo una de estas funciones de mamá y papá —tal vez tuviéramos siete años—, dijimos cosas como estas:

MAMÁ (Rosi):	¡Qué buen día hace! Vamos a llevar al bebé al parque.
PAPÁ (Bruno):	No quiero.
MAMÁ:	Sí, sí quieres.
PAPÁ:	¿No me has oído? He dicho que no quiero.
MAMÁ:	Bruno, déjalo, estás estropeando la función.
PAPÁ:	No soy Bruno. Soy el padre, y el padre no quiere ir al parque.

MAMÁ:	¿Por qué?
PAPÁ:	¿Por qué estoy hasta las narices de toda esta responsabilidad?
MAMÁ:	Bruno, no sigas.
PAPÁ:	No soy Bruno. Soy el papá.
MAMÁ:	Bueno, pues no sigas, papá.
PAPÁ:	No sigo porque no quiero. ¡Me voy!

Y dicho eso, Bruno-papá tiró al Bebé (mi tigre de peluche) al suelo y salió del cuarto.

Al día siguiente Bruno vino con una maleta. Iba a quedarse con nosotros algunos días, dijo mi madre. ¡Yo era feliz! Y pensé que Bruno sería feliz también, pero por la noche lloró, y le pregunté si lloraba porque no podía ver, y él respondió que no y siguió llorando, y le pregunté si lloraba porque echaba de menos a su madre, y él repitió que no, y le pregunté si lloraba porque echaba de menos a su padre, y él dijo entonces:

—¡Sí, y nunca volverá!

—No se ha ido a ninguna parte, Bruno —dije—. Eres tú el que se ha ido.

Pero me equivocaba. Su padre sí se había ido, y no iba a volver.

La ciega

Abu Torrelli vuelve del baño, se sienta y dice:

—Bien, ¿dónde estábamos?

—Bruno —digo—. Estábamos hablando de Bruno.

—Sí, sí —dice—. Bruno. ¿Y en qué pensabas el rato que he estado en el baño?

Le conté lo de las funciones y entonces recordé otra, y también se la conté.

Estábamos en el patio, Bruno y yo, cuando se me ocurrió:

—Hagamos una de una ciega y su marido —dije.

Bruno blandió su bastón hacia mí:

—¿Qué estás diciendo? —exclamó—. Eso es una idiotez.

—No digas que es una idiotez, Bruno. ¿Por qué es una idiotez?

Bruno blandió su bastón en el aire como si fuera una vara.

—¿Una ciega? Yo soy el que tiene que ser el *ciego*.

—¿Por qué? —dije—. Puedo ser ciega si me da la gana.

Bruno me tiró el bastón a los pies y dijo:

—No, no puedes. No tienes la menor idea de qué va el asunto.

Me puse furiosa:

—¡Eso es idiota Bruno, idiota, idiota, idiota! Puedo ser lo que me dé la gana; es nuestra función, y si quiero ser una ciega, voy a ser una ciega.

Bruno se volvió, se encaminó a su casa y me respondió:

—Adelante pues. Sé la ciega tú sola, idiota.

¡Ese Bruno!

Y así lo hice. Fui la ciega yo solita, idiota de mí, pero es difícil ser una ciega si estás tu sola, sin nadie con quien hablar salvo con tu propia idiotez. No me salió una función muy divertida.

Cuando le terminé de contar a Abu Torrelli lo de la función de la ciega, hizo chasquear los labios de ese modo tan suyo y dijo:

—Rosi, Rosi, Rosi. A veces eres una Rosi testaruda.

Rachas de testarudez

—Has sacado esa veta de testarudez de mí —dice Abu Torrelli.

—Sí, seguro —respondo, pensando en mi Abu Torrelli, siempre tan tranquila, tan paciente.

—Escucha —dice—. Déjame que te cuente lo testaruda que puedo ser. ¿Recuerdas a Pardo? ¿El chico con ese nombre que te parece tan gracioso? Pardo se encontró un perro, ¿vale? Un gran perro negro de aspecto descuidado que babeaba todo el tiempo. Un perro tan grande que creí que era un pony la primera vez que lo vi.

—Pardo iba a enseñarle absolutamente todo a aquel perro: ¡siéntate!, ¡de pie!, ¡ven!, ¡trae! Y se pasaba el día entero fuera con aquel gran perro negro. Le puso Nero, que quiere decir negro, lo que pone de manifiesto que Pardo tal vez no fuera, ¿cómo se dice?, el chico más original del mundo. Así que él está ahí fuera todo el día, haciendo que el pobre Nero se siente y se ponga de pie y venga y traiga mientras me ignora completamente. ¡A mí, a su colega, a su amiga de siempre! ¡Y a mí no me gustaba, no me gusta ni un poco *piccolino*!

Se me metió en la cabeza que podía conseguir que Nero, ese gran perro negro y desastrado me quisiera. Iba hacerle que me quisiera tanto que querría estar conmigo todo el tiempo, y entonces Pardo también querría estar conmigo todo el tiempo.

Así que le pregunté a Pardo si podía sacar a Nero a dar un paseo, porque había pensado llevármelo al bosque y darle unas chocolatinas, pero Pardo dice que no, que no me puedo llevar a Nero porque Nero es demasiado grande, no me obedecerá y me puedo hacer daño.

—Soy testaruda —prosigue Abu Torrelli—. Soy tan testaruda como un asno. Le supliqué a Pardo. Le imploré. Gimoteé y, por último, Pardo dijo ¡*bene*!, me dijo que de acuerdo, que adelante, que me llevara a Nero a dar un paseo. Y supe que me lo había dicho simplemente para que me callara.

Me puse a andar con Nero por el campo. Su correa era una cuerda y me gustaba tenerla en la mano. Y entonces Nero empezó a correr, *galump*, *galump*, como un caballote, más y más rápido, y la cuerda tiraba, y me hacía daño en la mano y yo le gritaba que se detuviera pero ni hablar, y entonces tropecé y me caí, y Nero me arrastró por el campo hasta un charco bien grande y luego al arroyo, donde por fin solté la cuerda. Nero salió disparado hacia los bosques.

Abu Torrelli, sentada en nuestra cocina, se mira las palmas de las manos como si todavía sintiera la quemazón de la cuerda.

—¿Qué pasó con Nero? —le pregunto—. ¿Lo encontraste?

—¡Nero! —dice Abu Torrelli—. Así que yo estoy llena de rasponazos y dolorida, de bruces en el arroyo, y ¿a ti lo que te preocupa es Nero, ese perro negro y desastrado?

Me hace reír, esa Abu Torrelli.

—¡Ese perro! —dice—. Vagué por los bosques durante todo el día llamando a aquel perro negro y, cuando oscureció, y tenía frío y hambre y estaba toda arañada, me encaminé hacia casa. No quería enfrentarme a Pardo. No quería tener que decirle que había perdido su preciado perro.

Retrocedí por donde había venido y de repente veo a mamá y a papá y a mis hermanos y a mis hermanas, y ahí está Pardo, y vienen a través de los campos como una gran ola de gente, llamándome, y quiero llorar, y me alegro tanto de verlos…, y entonces me doy cuenta de que Nero va caracoleando junto a Pardo, todo lo feliz que un perro puede estar, ¡ese perro negro y desastrado!

Y todo el mundo diciendo: "¿Dónde has estado? ¡Gracias a Dios, estás a salvo!". Pero lo único que yo veía era el perro Nero, negro y desaseado, babeando junto a Pardo, y me acerqué a Pardo y le di un puñetazo y le dije: "Tienes un perro tonto, un perro idiota. ¡Un perro imbécil!".

Abu Torrelli termina su historia y se inclina hacia delante, colocando ambas manos sobre la mesa.

—¿Lo ves? —pregunta—. ¿Ves lo testaruda que puedo ser?

Y nos reímos Abu Torrelli y yo, allí en la cocina, con la sopa de pollo que huele tan bien.

Tutto va bene

Abu Torrelli remueve la sopa, respira hondo y dice:

—¡*Tutto va bene*! —que significa que todo va de maravilla.

Estoy pensando en Abu Torrelli y en Pardo y en el perro negro y desastrado, y eso me recuerda el *disastro* del perro del año pasado. Y mientras Abu Torrelli mete el cucharón en la sopa y la vierte en los platos, parece leerme el pensamiento porque dice:

—Rosi, ¿todavía quieres un perro para Bruno?

Yo respondo:

—¡Ese Bruno! ¡Que se consiga su propio perro!

Abu Torrelli contesta:

—¡Vaya! Hoy eres una Rosi un poco dura.

Y mientras Abu llena los platos con la sopa humeante sigo pensando en el *disastro* del perro.

Empezó en la escuela, el año pasado. Un hombre vino a dar una charla con un perro guía, un precioso y esbelto animal color miel. Nos contó cómo su perro era sus ojos y cómo le ayudaba a desplazarse por la ciudad y por su casa, y nos contó que, si se perdía, todo lo que tenía que hacer era decirle:

—¡Vamos a casa! —y el perro lo llevaba hasta ella.

¡Parecía un milagro! ¡Quería uno de esos perros para Bruno! Cuando terminó la escuela volví a casa corriendo, subí a toda velocidad los escalones de la casa de Bruno, entré por la puerta delantera como un tornado, me encontré a Bruno en la cocina y exclamé:

—¡Bruno! ¡Bruno! ¡Necesitas un perro guía!, son unos animales asombrosos, nunca te perderás, nunca te tropezaras con las cosas, nunca...

Bruno me cortó diciendo con tonillo suficiente:

—Rosi, sé lo que son los perros guía.

—¿Qué? —respondí—. ¿Qué sabes de los perros guía? Nunca me has dicho nada de perros guía.

Y Bruno, sentado a la mesa de la cocina, cruzó los brazos, se inclinó hacia atrás en su silla y respondió, no en mal tono, sino como burlándose:

—Rosi, ¿te lo tengo que contar TODO?

Y yo contesté:

—¡Sí, sí tienes que hacerlo! ¿Y ahora qué pasa? ¡Hay que conseguirte un perro guía!

—No puedo —dijo—. Tienes que tener dieciséis años.

—¿Qué? —dije—. Pues vaya, qué idiotez. ¿Dieciséis años? Muchos chicos tienen perro, muchos chicos que no tienen dieciséis años.

—Pero no perros guía —dijo Bruno—. Tienes que saber un montón de cosas especiales. Tienes que entrenarlo. Tienes que...

Bla, bla, bla. Me estuvo contando cosas de los perros guía durante un rato.

Nada más marcharme de casa de Bruno me puse a buscar un perro. Había visto un chucho con aspecto de estar perdido en los alrededores del Delicatessen, y fui en su busca pero no tuve suerte. Al día siguiente miré de nuevo. Tampoco tuve suerte.

Al día siguiente miré de nuevo. ¡Allí estaba! Un perrito peludo marrón y blanco de aspecto raro. Lo acaricie, lo mimé y conseguí llevarlo a casa. Lo metí en el garaje, y le llevé unas sobras de carne asada, puré de patatas y salsa. Quería que lo hiciera todo en un día: ¡siéntate!, ¡de pie!, ¡quieto! El chucho no me hacía ni caso.

Lo encerré en el garaje. Por la mañana le di más asado, lo saqué para que hiciera sus cosas y le preparé una cama con mi almohada y una manta vieja.

Me fui al colegio.

Volví a casa. La almohada convertida en miles, miles de trozos. La manta orinada y caca junto a la cortadora de césped.

Lo saqué. ¡Siéntate! ¡De pie! ¡Quieto!
El perro no me hacía ni caso. Se agachaba, se daba la vuelta, mordía los cordones de mis zapatos.

Otra semana de lo mismo. El garaje tenía muy mal aspecto y olía peor cada día. Mamá empezó a preguntar por qué desaparecían las sobras.

Un día se presentaron en nuestra puerta un muchachito y su mamá preguntando por un perro:
—Se llama Tutí —dicen —. ¡Tutí! Es el perrito del niño, lo ha perdido y está triste.

Dicen que un vecino me ha visto con un perro parecido a Tutí.

Mi madre dice:

—Rosi no tiene perro, cariño. Lo sentimos muchísimo.

Empiezan a irse. Oyen ladridos. "¡Tutí!", grita el niño. Su rostro se ilumina, como si alguien le hubiera entregado una barrita de chocolate.

El niño y su madre se dirigen al garaje. Mi madre detrás. Yo me arrastro en último lugar. Mamá abre el garaje.

—¡Tutí! —dice el niño, y el chucho Tutí corre como un desesperado hacia el niño, salta sobre él y lo lame por todas partes, y mamá mira el garaje, siente náuseas por el olor y dice:

—¡Rosi! ¿Sabes algo de esto?

Tutto NON va bene. Las cosas no van bien.

Y ahí terminó el asunto del perro guía secreto.

La fiesta de la pasta celestial

¡La sopa está en la mesa!

Abu Torrelli junta las manos y dice una pequeña oración:

—Dios bendiga a mamá y a papá y a Rosi y a Ángela y a Carmen y Giovanna y a Lucía y a Maddalena y a Gianni y a Lorenzo y a Guido...

Y sigue así durante un rato, diciendo más y más nombres, y cuando termina dice:

—Pues lo dicho. No sé quienes son todos éstos, pero lo dicho.

Abu Torrelli, con las manos aún unidas, dice entonces:

—¡Oh, Rosi! ¡Fíjate! Giovanna y Lucía y Maddalena (esas son mis hermanas), y Gianni, Lorenzo y

Guido (esos son mis hermanos), todos descansan en paz.

—¡Oh! —digo yo—. ¿Están muertos? ¿Todos ellos?

Abu Torrelli contesta:

—¡Bah! No me gusta la palabra "muertos". Están todos celebrando una gran fiesta de la pasta allá arriba —esto lo dice levantando la palma de la mano hacia el techo— y esperándome, a mí, a la pequeña.

—Pues vaya, no tengas prisa por ir a esa fiesta —respondo yo.

—¡Bah! —contesta Abu Torrelli—. No me voy a ninguna parte. Me quedo aquí mismito con mi Rosi.

Y tomamos nuestra sopa, y pienso cómo Abu Torrelli se marchó de Italia cuando tenía dieciséis años y se subió a un barco con su tío para venir a Estados Unidos. Y aunque me lo ha contado en otra ocasión, se lo vuelvo a preguntar:

—¿Y nunca viste de nuevo a tu familia? ¿Nunca, nunca?

Abu Torrelli sorbe su sopa, sacude la cabeza y responde que no, que nunca jamás. Entonces se persigna porque es católica, pero como yo no soy católica no me persigno.

Casi no puedo soportar el pensamiento de que Abu Torrelli nunca viera de nuevo a su familia, nunca, nunca, y de que ahora todos están —su papá y su mamá y sus hermanas y sus hermanos— allá arriba en el cielo celebrando su fiesta de la pasta, y que mi abuelo Torrelli está probablemente con ellos, y que aquí está Abu Torrelli conmigo sorbiendo sopa de pollo.

Cabeza liada

—Es una buena sopa —digo.

Abu Torrelli asiente y dice:
—Sí, sí. Nos ha salido buena.

—¿Realmente crees que tu mamá y tu papá y tus hermanos y tus hermanas y el abuelo Torrelli están todos allá arriba —digo levantando la mano hacia el techo como Abu Torrelli— celebrando una fiesta de la pasta? ¿Y que Pardo también está allí?

Abu Torrelli se lleva una mano a los labios y dice:
—¿Pardo? Oh, Rosi, no querrás que te cuente la historia.

—¡Claro que sí!

—Oh, Rosi, Rosi, Rosi, te lo diré después.

—¿Es triste? —pregunto.

Abu Torrelli se pone la mano sobre el corazón y responde:
—Sí, Rosi, sí, *molto* triste, *molto* triste. No necesitas tener todas esas cosas tristes en tu espabilada cabeza.

Me gustaría tener todo lo que está en la cabeza de Abu Torrelli dentro de la mía, y quizá de esa forma podría saber lo que va a sucederme y quién seré y qué seré, y si me casaré, y si tendré hijos, y si encontraré un trabajo, y si viviré una vida feliz.

Lo que le digo a Abu Torrelli es sólo parte de eso:
—Me gustaría tener todo lo que tienes en tu cabeza dentro de la mía.

—¡Oh, Rosi! Pues a mí me gustaría tener una cabeza joven como la tuya, en lugar de está cabeza mía. No deberías desear todo el lío que tengo en mi cabeza —dice esto golpeándose en la frente y añade—: ¡hay mucho aquí dentro!

Me pasa el pan y dice:
—Venga, volvamos a ese Bruno.

Aquí viene otra vez.

Perdido

Le echo un vistazo a la casa de Bruno por la ventana de la cocina, pero sólo puedo ver el patio delantero y los arbustos que abrazan la casa. Veo también un trozo de papel rojo que salta sobre la hierba, haciendo cabriolas en la brisa, y pienso en Bruno cuando era pequeño y llevaba un jersey rojo.

Un día Carmelita vino corriendo hasta nuestra puerta:
—¡Bruno se ha perdido! ¡Bruno ha desaparecido!

Mi madre, Carmelita y yo recorrimos la calle arriba y abajo y dimos la vuelta a la manzana gritando:
—¡Bruno! ¡Bruno! ¡Bruno!

Parábamos a todos los que pasaban para preguntarles si habían visto a Bruno, un chico con jersey rojo y shorts azules.

La gente se unió a nosotros, los vecinos, viejos y jóvenes, y todo el mundo empezó a correr arriba y abajo por las calles gritando:

—¡Bruno! ¡Bruno! ¡Bruno!

Alguien llamó a la policía. Se presentaron y se dedicaron a ir calle arriba y calle abajo preguntándole a todo el mundo si habían visto a Bruno, con su jersey rojo y sus shorts azules.

Se suponía que Bruno nunca debía ir solo a ninguna parte: nunca, nunca, nunca.

Carmelita estaba enloquecida de angustia:

—¡Lo han secuestrado! ¿Quién haría tal cosa? ¡Oh, Bruno, Bruno, Bruno!

Y cuando empezó a oscurecer, volvimos a casa para hacernos con linternas, y ahí estaba Bruno sentado en el porche delantero con su jersey rojo y sus shorts azules, comiéndose un sándwich de mantequilla de cacahuete y jalea.

Y quizá fue igual que cuando Abu Torrelli perdió a Nero, el perro negro y peludo de Pardo. De repente había un gran grupo de gente que bajaba por la calle diciendo a la vez:

—¡Bruno! ¡Bruno! ¡Bruno! ¡Oh, Bruno, estás bien!

Pero Carmelita no le golpeó, ni le llamó *stupido* como Abu Torrelli había llamado a Nero. Carmelita lo rodeó con sus brazos y le dio miles de besos en la cara y lloró y lloró y lloró.

Los policías volvieron, todos sonrientes, felices de ver al muchacho del jersey rojo junto a su madre. Uno de ellos preguntó:
—¿Dónde estabas, Bruno?

Bruno se separó de su madre, se sacudió unas cuantas migas de su jersey rojo y respondió:
—Fui a dar un paseo corto que se hizo muy largo.

—¡Te perdiste! —dije yo.
—¡De eso nada! —respondió.
—¡Sí que te perdiste!
—¡Que no! ¡Quizá tú te perdieras, pero yo no! ¡No me he perdido!

Y Bruno, mi amigo, mi compañero, me golpeó y se metió corriendo en casa.

Aquello fue muy Abu Torrelli.

Estaba furiosa con Bruno. Crucé corriendo el jardín, subí los escalones, me metí en casa, subí las escaleras, entré en mi cuarto, cerré la puerta de golpe, me tiré en la cama, me cubrí la cabeza con la ropa y estaba pensando en echarme a llorar cuando de repente una gran sonrisa apareció en mi cara.

Me sentí muy feliz de que ninguna de las horribles cosas que había pensado mientras recorríamos las calles arriba y abajo, ninguna de esas espantosas, horrorosas, y pavorosas cosas que temía que le pudieran haber ocurrido a Bruno... ninguna de esas cosas hubiera sucedido. Ninguna.

Sólo se fue a dar un corto paseo que se hizo muy largo.

El príncipe

Abu Torrelli, que se sienta muy erguida, golpea la mesa con su cuchara y dice:

—¡Más sopa! ¡Quiero sopa!

Yo me levantó y, mientras vuelvo a llenar su cuenco, le digo:

—Sí, señora reina.

Y entonces le cuento que un día yo volvía del colegio —puede que tuviera diez años— y dos chicas mayores me siguieron: chicas con malas intenciones, mezquinas, que buscaban pelea. Yo andaba cada vez más rápido pero al doblar la esquina de nuestra calle me alcanzaron, me tiraron del pelo, me quitaron los libros y empezaron a decirme que era una esmirriada idiota, mientras yo les decía que lo dejaran, que lo dejaran de una vez, por favor.

Pero ellas me empujaban y me golpeaban y me daban en la cabeza con mis libros, y yo estaba intentando escaparme cuando, de repente, veo que Bruno cruza la calle a toda velocidad. Nunca le había visto correr tan rápido: temí que se cayera. ¿Cómo sabía que no había ningún obstáculo? ¿Cómo podía correr tan derecho? ¿Cómo sabía que estaba en un apuro?

Bruno es alto y fuerte para su edad, y yo sentí una inmensa alegría al verle venir, pero también tuve miedo: tuve miedo de que las chicas le hicieran daño, de que se aprovecharan de su ceguera.

Bruno les dijo gritando a las chicas:

—¡Eh, dejadlo ya!

Llevaba gafas de sol, algo que había empezado a hacer para que la gente no se quedara contemplando sus ojos.

Las chicas parpadearon ante Bruno, allí de pie, tan alto y tan fuerte. Dejaron de empujarme y de darme cachetes y retrocedieron.

"No lo saben —pensé—. No saben que Bruno casi no ve".

—Venga, Rosi —dijo Bruno; así que yo recogí mis libros y nos fuimos andando calle abajo sin más.

—Bruno —dije—, ¿cómo supiste que estaba allí? ¿Cómo supiste que necesitaba ayuda?

Entonces él me hizo una gran reverencia y me dijo:

—Oigo muy, pero que muy bien. Y soy tu príncipe, el príncipe Bruno, así que vine a rescatarte.

¡Ese Bruno!

El rescatador

Terminamos nuestra sopa, y Abu Torrelli coloca los tomates en rodajas en los platos de ensalada, los rocía con aceite de oliva y espolvorea sobre ellos sal, pimienta y perejil picado.

—¡Vaya, qué cosa! —dice—. ¡Ese príncipe Bruno viniendo en tu auxilio!

—Sí —respondo yo—, fue digno de ver. Y ahora pienso cómo me gustaría a mí ser su rescatadora. Quiero rescatar a Bruno. Me gustaría curarle, darle ojos nuevos, hacerle todo más fácil.

Abu Torrelli, esa lectora de mentes, sabe lo que estoy pensando y dice:

—Así que, Rosi, ¿me vas a contar lo que ha pasado con Bruno? ¿Me vas a contar por qué estabas tan furiosa hoy con él?

Yo me levanto, me acerco hasta donde están los libros en Braille, los llevo a la mesa y digo:

—Mira.

Entonces abro uno de los libros, cierro los ojos y dejo correr las yemas de mis dedos por encima de los bultitos que sobresalen de la página. Todavía soy un poco lenta, ¡pero leo! Entonces me detengo, abro los ojos y veo a Abu Torrelli que se sienta allí con ojos húmedos y resplandecientes.

—¡Oh, Rosi! —dice—. ¡Lo has conseguido! ¡Pero qué lista eres! ¡Es como un milagro! ¡Enséñamelo!

Así que me arrodillo junto a ella, y pongo sus dedos en la página y hago que toque los bultitos que son letras y palabras. Digo:

—Es difícil. Tienes que empezar con unas cuantas letras.

Pone el libro en mis manos de nuevo y contesta:

—¡Es un milagro, Rosi! ¡Bruno debe estar muy orgulloso!

Cierro el libro y contesto:

—No. Bruno no está orgulloso. Bruno está furioso. ¡Ese chico Bruno!

Y entonces le cuento lo que he deseado contarle toda la noche: cómo me costó todo un año aprender Braille, a hurtadillas, a la hora del almuerzo, todos los días, llevándome los libros a escondidas a casa, abriéndolos por la noche en la cama, queriendo darle una sorpresa a todo el mundo, pero en especial, muy en especial, a Bruno.

Hoy después del colegio fui a casa de Bruno, nerviosísima porque iba a enseñárselo. Me dejé caer en el sofá, parloteando de esto y aquello, y por casualidad —¡oh, absolutamente por casualidad!— tomé uno de sus libros en Braille y lo abrí.

Él estaba sentado en el suelo, con su espalda contra mis rodillas. Oyó que el libro se abría y preguntó:

—¿Qué libro es ese?

Se lo dije.

—¿Uno de los míos? —preguntó.

—Sí —dije yo—. ¿Quieres que te lea un poco?

Se rió y dijo:

—¡Claro, claro, lo puedes leer sin problemas!

Se sentía muy contento, me di cuenta, porque estaba completamente seguro de que yo era incapaz de leer su libro en Braille.

Pasé las yemas de los dedos sobre la primera línea, retrocedí y empecé por el principio, leyendo en voz alta: *Hay un lugar al que voy a menudo. Es fresco y tranquilo...*

Bruno se dio la vuelta, extendió las manos, y buscó las mías sobre el libro. Me quitó las manos de la página, tomó el libro y desplazó rápidamente sus dedos sobre lo que yo leía.

—Has hecho trampas —dijo—. Lo que has hecho es conseguir el libro normal y has memorizado el comienzo.

Cerró de golpe el libro.

Se lo quité y le dije:
—No he hecho trampas, Bruno. Escucha.

Abrí el libro de nuevo y leí toda la primera página, y mientras yo leía se hizo un gran silencio, como si Bruno ni siquiera respirara, y cuando terminé me sentía muy orgullosa, y creí que Bruno iba a sentirse muy feliz, muy orgulloso también. Levanté la vista hacia él, pero Bruno no se sentía feliz ni estaba orgulloso.

Dijo:

—Crees que eres muy lista ¿no, Rosi?

—Sí —contesté.

—¡No te lo creas tanto, Rosi!

—¿Qué?

—He dicho: "¡No te lo creas tanto, Rosi!".

Me sentí como si toda la sangre de mi cuerpo me estuviera bajando, bajando y bajando hasta las plantas de los pies.

Me levanté, me encaminé a la puerta, esperando, confiando, deseando que me detuviera, pero no lo hizo.

Abrí la puerta y salí al porche. Sin palabras, me había quedado sin palabras, sin aliento, sólo con un estridente gemido en mi cabeza y ¡plam!

Tal que así fue: Bruno había dado un portazo detrás de mí, como si yo no fuera nadie, ni su amiga, ni su compañera, sólo un molesto nadie.

¿Por qué, por qué, por qué?

—¡Oh, Rosi! —dice Abu Torrelli.

—¿Por qué? —le pregunto—. ¿Por qué me hizo Bruno eso tan feo y me dio con la puerta en las narices? ¿Por qué?

Abu Torrelli aprieta los nudillos contra sus mejillas y responde:
—Hmmm.... esto es difícil, Rosi.

Y entonces Abu Torrelli hace algo muy raro: abre las manos y se las coloca delante de los ojos; oigo un pequeño sonido y veo cómo sube y baja su pecho, y no puedo soportarlo. Abu Torrelli está llorando.

Me levanto, me acerco a ella, le doy unos golpecitos en la cabeza y le digo:

—¡No llores, por favor, no llores!

Me siento fatal, porque hoy he hecho que dos personas se sientan infelices y no sé ni por qué ni cómo.

Abu Torrelli se enjuga los ojos y me indica con un gesto que me siente junto a ella.

—Pero ¿qué he dicho? —pregunto.

—Oh, Rosi, Rosi, Rosi. Bruno y tú sois igualitos que Pardo y yo, y me haces pensar en él.

Y entonces me cuenta el último día que vio a Pardo. Tenían dieciséis años. Ella se iba a Estados Unidos en pocos días y Pardo le suplicaba que no se fuera, pero ella quería irse. ¡América era el paraíso! Se la imaginaba deslumbrante, llena de todo, repleta de promesas y cosas interesantes. Quería que Pardo fuera con ella. Su tío le prestaría el dinero para el pasaje, pero a Pardo le parecía una locura. Dijo que ella tenía que quedarse en Italia con su familia, con él, y que se casarían, y que tendrían hijos, que él trabajaría y ella criaría a los niños y cocinaría y limpiaría y sería la *mamma*.

Y mi Abu Torrelli le contestó que no quería cocinar y limpiar y ser la *mamma*. Quería irse a Estados Unidos y correr aventuras.

Pardo se enfadó con ella y le dijo que estaba demasiado pagada de sí misma, llena de sueños imposibles, repleta de deseos locos. Le dijo:

—¡Vete entonces! ¡Vete!

Abu Torrelli estaba muy enfadada con Pardo, así que volvió a casa esa noche, hizo su maleta y no salió de su habitación hasta el día que su tío se la llevó a América.

Pardo nunca le escribió y ella nunca escribió a Pardo, y un día recibió una carta de su hermana diciendo que Pardo estaba desenredando a su desaseado y peludo perro Nero de las vías del tren donde se le había enganchado la correa, cuando el tren se acercó y se acercó.... y ése fue el final de Pardo. El tren lo hizo papilla.

—Y así, Rosi, siento todos y cada uno de los días haberme enfadado, siento no haberle escrito, siento que no supiera lo mucho que le amaba.

Allí nos quedamos sentadas, tranquilas, en silencio. Abu piensa en Pardo, yo pienso en Bruno, y no nos comemos nuestra ensalada de tomate.

En mi cabeza

Pienso en Bruno y en Pardo. Me pregunto por qué Abu Torrelli no se quedó en Italia, pero entonces no se hubiera casado con mi abuelo Torrelli, no habría tenido a mi madre, y mi madre no me habría tenido a mí: no a este "mí".

Me pregunto también por qué Abu Torrelli nunca le escribió a Pardo, y por qué Pardo nunca le escribió a ella y por qué después de todos estos años eso le fastidia todavía a Abu Torrelli.

Y ella me responde de inmediato, como si hubiera sabido que iba a preguntárselo. Dice:

—Rosi, ¡yo era una chica muy testaruda! Demasiado para escribir una carta. Demasiado testaruda para decir lo siento. Y esto es lo que aprendí: aprendí que no todos los días se encuentra un amigo como Pardo.

Revuelve los tomates, brillantes de gotas de aceite de oliva.

Y entonces, de repente, me doy cuenta de algo sobre Bruno y los libros en Braille. Hasta hoy, Bruno podía hacer algo que yo era incapaz de hacer, y el quería eso y lo necesitaba.

¡Se me ocurre así, sin más! Exactamente así.

—Abu Torrelli —digo—. Vamos a casa de Bruno. Vamos a llevarles un poco de sopa a Bruno y a Carmelita.

Abu Torrelli se pone en pie de un salto y contesta:
—¡Sí, sí, sí! ¡Sopa para Bruno y Carmelita!

Saca un cuenco de plástico, vierte sopa en él y dice agarrando la hogaza:
—Hay que llevar también pan.

—¿Tomates? —digo yo.

—¡Sí, sí, sí! ¡Tomates para Bruno y Carmelita!

Damos la vuelta a la cocina, salimos a toda velocidad con nuestra sopa, nuestro pan y nuestros tomates, nos deslizamos por el césped, subimos los escalones y llamamos a la puerta, y de repente mi corazón me golpea en el pecho como si fuera una ranita porque, ¿qué pasará si Bruno me cierra de nuevo la puerta en las narices, qué pasará si Bruno está aún enfadado, o qué pasará si Bruno no quiere ni nuestra sopa, ni nuestro pan, ni nuestros tomates?

Se abre la puerta

Carmelita abre la puerta y una gran sonrisa aparece en su cara cuando ve a Abu Torrelli. Se abrazan y empiezan a charlotear en italiano.

Carmelita hace un gesto con la mano hacia las escaleras y dice:

—Bruno está arriba. Ve a verle.

No sabe nada de nuestra pelea, me parece. Subo las escaleras lentamente, con miedo. No quiero que me den con otra puerta en las narices.

Bruno debe haberme oído llegar, porque está de pie en el umbral de su puerta mirando hacia mí.

—¡Bruno! —digo—. No te enfades conmigo. Yo soy la testaruda Rosi y soy muy creída, pero no quiero

que te enfades conmigo. Y dejaré de leer en Braille
y...

—Espera —dice él; se mete en su habitación y
vuelve a salir con un trozo de papel en blanco que
me tiende.

—¿Qué? —digo yo. Me parece que está siendo
malvado, que me está gastando una broma malvada,
dándome un trozo de papel en blanco, pero entonces
miro más de cerca y veo que tiene las pequeñas
prominencias y paso mis dedos sobre ellas. Hay sólo
dos palabras, y esas dos palabras son "lo siento".

Abrazo a Bruno. ¡Le doy un achuchón que deja
sin aliento al chico Bruno!

No hablamos de ello, no hoy. En lugar de eso
bajamos y nos sentamos a la mesa, Bruno, y Abu
Torrelli, y Carmelita y yo, y tomamos más sopa.

Tutto

En la oscuridad, Abu Torrelli y yo volvemos cruzando el césped con nuestros recipientes vacíos.

—Muy, muy buena sopa —digo.

—¡Sí, sí, sí! —dice Abu Torrelli, vuelve la vista a la casa de Bruno y luego me mira a mí—: *tutto va bene*, Rosi.

Todo va bien.

¡Esa sopa, esa Abu Torrelli, ese chico Bruno!

II. Pasta

Ha vuelto

Abu Torrelli ha vuelto. Es sábado, mamá y papá están trabajando y Abu Torrelli se ocupa de todo.

—¡Vamos a hacer pasta! —dice mientras se cuela por la puerta y se quita el abrigo. Se frota las manos y añade:

—¡Pasta, qué rica!

Me oprime las mejillas con sus suaves dedos y pregunta:

—¿Cómo está mi niña Rosi hoy?

—Bien —digo yo.

—¡*Bene*! Ahora vete a por Bruno. Necesitamos su ayuda.

Salgo zumbando, atravieso corriendo el césped, subo los escalones y entro a toda velocidad en la casa de Bruno gritando:

—¡Bruno, Bruno, chico Bruno! ¿Quieres hacer pasta con Abu Torrelli?

Bruno está de pie en la parte superior de las escaleras, alto y fuerte; su brillante cabello recibe la luz de la ventana del descansillo. Sonríe esa gran sonrisa Bruno.

—Claro —contesta, y empieza a bajar las escaleras tanteando mientras le grita a su madre—: ¡Me voy a casa de Rosi, Ma!

Oigo que ella responde:
—Muy bien, Bruno. ¡Hola Rosi, adiós Rosi!

Hoy me siento un poco tímida con mi compañero, con mi colega Bruno. No tiene nada que ver con nuestra pelea sobre que yo estaba demasiado orgullosa de mí misma. ¡Eso es agua pasada! Pero hay algo más que noto entre nosotros, algo nuevo, algo que no me gusta ni un poco *piccolino*. Y Bruno ni siquiera lo sabe, aún no. ¡Ese chico Bruno! ¿Qué voy hacer con ese chico Bruno?

Ciao

—*Ciao*, Bruno —dice Abu Torrelli cuando nos ve entrar. Ella dice algo parecido a chao. Significa tanto hola como adiós. Me gusta esa palabrita, *ciao*.

—*Ciao*, Abu Torrelli —contesta Bruno. Se acerca a ella y la deja que lo bese en las mejillas, como hace siempre.

Abu Torrelli ya tiene las grandes tablas de repostería en la mesa y los cuencos en la encimera, y está sacando cosas de los armarios y del frigorífico. Harina, sal, huevos.
—Delantales —dice—, vamos a necesitar delantales.

Voy a por los delantales grandes que están en el armario empotrado, paso uno por encima del suave pelo de Bruno y se lo ato. Abu Torrelli selecciona las cucharas de madera y mira a su alrededor comprobando si tiene todo lo que necesita.

—Hoy vamos hacer un poco de la mejor pasta —dice.

Bruno sonríe. Adora a Abu Torrelli.

Abu Torrelli empuja el cuenco enfrente de Bruno y guía su mano para mostrarle donde está. Entonces le tiende una bolsa de harina y le dice:

—Adelante, echa un poco ahí. Ya te diré cuándo hay bastante.

La harina en polvo surca el aire.

—Lavaos las manos vosotros dos —ordena. Nosotros obedecemos.

Me tiende la sal.

—Cuatro pellizcos —dice. Así es como mide Abu Torrelli, en pellizcos.

—¿Pellizcos grandes o pequeños? —pregunto.

—Medios —responde.

Tomo cuatro pellizcos de sal medios y tiendo la mano para tomar los huevos, pero Abu Torrelli me da un leve golpecito y me detiene. Entonces lleva la mano de Bruno hasta los huevos; después, le lleva la mano hasta otro cuenco vacío.

—Cáscalos en ese cuenco —le dice.

Ésa es Abu Torrelli. Yo, yo siempre quiero hacer cosas para Bruno porque no ve, cosas que son demasiado arduas para él, como cascar huevos. Pero Abu Torrelli me está enseñando que Bruno no necesita tanta ayuda, me está enseñando que debo dejar de ser una Rosi-que-se-encarga-de-todo.

—Rosi recogerá las cáscaras —dice, y yo lo hago.

Se está muy bien en la cocina con Abu Torrelli y mi colega Bruno, y quiero que el día transcurra muy despacio para tener aquí a Bruno conmigo, todo para mí.

Mi frío y caliente corazón

Bruno bate los huevos con un tenedor, con todo lo amarillo dando vueltas, y yo miro sus manos, y tengo el corazón tan lleno de ese chico Bruno que no quiero más que agarrarle y darle un abrazo. Pero no lo hago.

Sin embargo, no puedo evitarlo, me pongo a pensar en la niña Janine, esa chica nueva que vive calle arriba, esa chica demasiado amistosa, y, en un instante, mi corazón pasa de tibio a frío. Soy la chica de hielo, la reina de las nieves. Esa Janine me convierte la cabeza en un torbellino.

En cuanto llega, voy y me presento, yo, Rosi misma. Ella sonríe sin parar, especialmente cuando averigua que tenemos la misma edad y que vamos al mismo colegio. ¡Me dice que podría ayudarla a adaptarse, y que está contenta pero que muy contenta de conocer a alguien en su vecindario tan pronto! ¿No tiene mucha, pero que mucha, pero que muchísima suerte?, pregunta.

Es guapa, hay que concedérselo, con bonito pelo negro rizado, y tiene tanta confianza en sí misma, esa Janine, ladeando la cabeza a un lado y a otro, y enseñando a todo el mundo su sonrisa deslumbrante, sin correctores ni nada.

—¿Tienes mejor amiga? —me pregunta.

—Sí —respondo.

Hace un mohín con su boquita y contesta:
—¡Oh, qué fastidio! Mi mejor amiga se quedó en Nueva York. Pensé que quizá tú podías ser ahora mi nueva mejor amiga.

Yo pienso: "Un segundo. No me conoces y no te conozco. Lleva un tiempo ser amigas íntimas". Pero no lo digo. En lugar de eso contesto:
—Mi mejor amigo es Bruno. Es un chico. No tengo mejor *amiga*.

Me sorprende decir eso, porque sí tengo una mejor amiga chica: es Marlee, del colegio, pero a Marlee no la dejan ir a ninguna parte salvo al colegio, y a mí no me dejan ir a su casa porque tiene un padre muy siniestro, y quizá me podría venir bien una segunda mejor amiga.

Janine dice:

—¿Un chico es tu mejor amigo? ¡Qué raro!

Voy a contestarle que no tiene nada de raro cuando añade:

—Eso no cuenta, no cuenta tener a un chico de mejor amigo, así que yo voy a ser tu mejor amiga.

Sonrío mi sonrisa falsa. Hay una parte de mí que sospecha mucho de esa chica Janine. No quiero una mejor amiga instantánea. Pero otra parte de mí se siente halagada porque le debe gustar lo que ve de mí, de Rosi, para querer ser mi mejor amiga tan pronto.

Estoy pensando en todo esto mientras Abu Torrelli abre una especie de cráter en la montaña de harina y vuelca el huevo batido en el centro. Dice:

—Vale, ahora llega la parte divertida. Tenéis que mezclarlo bien. Por turnos.

Así que Bruno y yo nos turnamos para mezclar la harina y el huevo con las manos, y nos reímos mucho y lo ponemos todo perdido, y mi corazón se entibia de nuevo, así, sin más. Ya soy la Rosi de siempre.

¿Qué hay de nuevo?

Bruno y yo mezclamos la pasta por turnos; tenemos las manos pegajosas. Abu Torrelli se sienta, pone los pies encima de otra silla y dice:

—Vale, ¿y qué hay de nuevo en la calle Pickleberry?

¡Es tan payasa! Nuestra calle se llama Pickburr, pero Abu la llama siempre Pickleberry.

—No mucho —contesto.

—¿De verdad? —dice Abu—. ¿Pasa toda una semana desde la última vez que estuve aquí y no sucede nada? ¿*Niente*? ¿Cero?

Bruno se ríe y dice:

—Bueno, ha venido una chica nueva.

Vuelvo a ser la reina de las nieves instantáneamente.

—¿Qué chica nueva? —pregunta Abu Torrelli—. ¿Quieres decir una chica nueva-nueva, como un bebito? ¿O quieres decir una chica que viene a vivir a la calle Pickleberry?

No digo nada, mi lengua está helada. Mis labios son de escarcha.

Bruno dice:
—Cuéntaselo, Rosi. Cuéntale lo de Janine.

Mis ojos son dos globos congelados, sólidos. Dejo caer mis gélidas palabras:
—Cuéntaselo tú, Bruno.

Abu Torrelli me echa una mirada. La conozco. Significa: "¿Qué pasa contigo, Rosi?". Sumerjo las manos en la masa, estudio la pegajosa mezcla y no digo nada.

Bruno no oye mi hielo y, si lo hace, no le presta atención. Sus pegajosas manos están detenidas en el aire porque me toca a mí con la masa.

Inclina un poco la cabeza cuando le responde a Abu Torrelli:

—Janine se ha mudado a la vieja casa Wicker, ¿sabes la que digo?

—¿La amarilla que está enfrente de la tuya? —pregunta Abu.

—No, la verde —responde Bruno—. La amarilla aún está vacía. La nueva niña es de la misma edad que Rosi y yo. Es muy agradable, ¿verdad, Rosi?

Yo que estoy apretando la casi-masa, estrangulándola, respondo algo así como "mmff".

—¿Qué? —dice Bruno, oyendo mi tono desdeñoso—. Te gusta, ¿no?

Abu me está echando su mirada, y me la echa durante un buen rato. Dejo provisionalmente de ser una borde, y respondo:

—Sí, es muy agradable.

Pero mi desdeñoso yo tiene que añadir:

—Supongo.

Bruno vuelve su cabeza hacia mí y, con una voz tensa y punzante, le dice a Abu:

—Bueno *a mí* me parece muy agradable. Es muy graciosa, siempre se está riendo, y además es muy curiosa, quiere saber por qué y cómo y todo eso.

Mi reina de las nieves se ha convertido en una tigresa que trota dentro de mí: lo único que quiere es saltar sobre el chico Bruno. Pienso: "¡*Yo* soy agradable, *yo* soy graciosa, *yo* soy curiosa!".

Abu Torrelli, la lectora de mentes, dice:
—Parece que estás hablando de mi chica Rosi. Así que puede que Janine y tú seáis amigas, ¿no, Rosi?

Estoy demasiado ocupada estrangulando la masa para responder. Recuerdo cómo la chica Janine hizo que le presentara a Bruno, y cómo se derritió con él, derrochando sonrisas, venga a inclinar la cabeza a un lado y a otro para alguien que ni siquiera podía verla. Y cuando se dio cuenta de lo que pasaba, hizo todo tipo de ruidos de simpatía y le dio golpecitos, como si fuera una mascota, y Bruno le sonrió su gran sonrisa, y yo quería matarlos a los dos.

Ahora querría sacarle a empujones de la casa y contarle a Abu Torrelli todo esto para que esté de mi parte y sepa por qué estoy siendo la-reina-de-las-nieves-y-tigresa-Rosi, cuando Bruno dice:
—Janine se muere por aprender Braille.

—¿Quéééé? —exclamo. Mi tigresa va a salir de mí de un salto y se va a zampar vivo a Bruno.

—No entiendo por qué tanta sorpresa, Rosi —dice Bruno—. Tú querías aprenderlo, ¿no?

Mis palabras están tan liadas en mi cabeza, que no sé por dónde empezar, y lo único que sale de mi boca son balbuceos cómo:

—Ba-bu-bi-muh...

Entonces Bruno dice lo peor de todo:
—Así que voy a enseñárselo.

Hasta Abu Torrelli sabe que esto me va a sacar de mis casillas. Sabe lo mucho que he trabajado en secreto, el tiempo que me ha llevado, y cómo Bruno se enfadó conmigo al principio. Sabe que mi cabeza debe ser un torbellino preguntándose por qué se ha ofrecido tan rápidamente a enseñarle a Janine, cuando nunca se ofreció a enseñarme a mí.

Bruno debe notar algo en mis balbuceos porque dice a la defensiva:
—Bien, me lo pidió. ¡Me lo suplicó! ¿Qué se suponía que debía contestarle?

¡Ese chico Bruno! Me apetece arrebatarle la pegajosa masa de las manos y estampársela en la cara.

Violeta

Abu Torrelli dice:

—Rosi, deja trabajar ahora un poco a Bruno con la masa, antes de que la golpees hasta la muerte.

Le acerco el cuenco a Bruno de un empujón y me voy al fregadero a lavarme las manos. Las froto fuerte, como si estuvieran cubiertas de alquitrán. Siento los ojos de Abu Torrelli clavados en mi espalda. Dice:

—¿Os he contado alguna vez lo de Violeta?

—No —dice Bruno—. ¡Cuéntamelo!

—Rosi —dice Abu Torrelli—. ¿Quieres oír la historia de Violeta?

—Claro —respondo. Cualquier cosa es mejor que oír hablar de esa graciosa, estupenda y curiosa Janine.

—Primero le tengo que contar a Bruno lo de Pardo —dice Abu Torrelli—. Pardo era mi compañero, mi colega, en el lugar donde crecí. Éramos así, inseparables —añade juntando el pulgar y el índice, igual que hizo cuando me contaba a mí lo de Pardo—. Un día vino una chica a vivir con su tía, en la casa de al lado de Pardo; se llamaba Violeta.

Abu dice ese nombre de un modo que me hace oír un poco de reina de las nieves en su voz.

—Qué nombre más bonito —dice Bruno—; Viole-ta.

—¡Bah! —contesta Abu Torrelli—. Pues mira, te cuento, el nombre alude a una flor, pero ella de frágil florecita no tenía nada. Aterrizó en nuestro pueblo, toda rizos y piernas largas y boca grande. Bla-bla-bla, pu-pu-pu, sin parar ni un momento.

Bruno se ríe:
—¡Bla-bla-bla! —exclama, haciéndose eco de Abu Torrelli.

Abu Torrelli hace un gesto en el aire con una de sus manos como si estuviera espantando una mosca:
—"Oh, Pardo —decía Violeta—, oh, Parrrdo, tú que eres tan fuerte, tan guapo, tan listo, ¿tendrías la

amabilidad de ayudarme con esto, y por favor podrías ayudarme con lo otro?".

Me encantó que en Abu Torrelli hubiera también algo de tigresa-reina-de-las-nieves.

—¡Como te lo digo, esa Violeta hipnotizó a Pardo! Iba tambaleándose de un sitio a otro como si le hubiera coceado una mula; Violeta lo tenía en las nubes.

Vi que Bruno sonreía, pero de repente su sonrisa se congeló. Estaba pensando. Me pregunté en qué. Me hubiera gustado haber tenido la oportunidad de hacer un pequeño agujero en su cráneo para ver qué le rondaba por la cabeza.

Abu Torrelli cambia sus pies de sitio en la silla y agrega:
—Ya te digo, no es que me agradara mucho esa niña Violeta. No me gustaba demasiado la forma en la que avasallaba a mi colega, a mi amigo Pardo.

Bruno vuelve su cabeza hacia mí. Sé que no puede ver mi expresión, pero, con todo y eso, bajo la mirada y me pongo a contemplar mis zapatos. Quiero oír cómo manejó Abu Torrelli el asunto de la niñata Violeta, pero entonces suena un golpe en la ventana que queda a mi espalda.

Janine

Janine está de pie fuera; saluda con la mano y
sonríe. Me arrastro hasta la puerta, la dejo pasar, y
consigo que mi boca dibuje una sonrisa, aunque me
cuesta mucho. Siento como si la cara se me fuera a
hacer pedazos y a caerse al suelo, a sus pies.

Me abraza.

—¡Hey, Bruno! —dice, y se precipita hacia él
dispuesta a hacerlo pedacitos.

—¿Y quién es ésta? —añade mirando a Abu
Torrelli de arriba abajo con una sonrisa.

—Es Abu Torrelli —contesto y añado tonta-
mente—: es mía.

Abu Torrelli me sonríe y luego sonríe a Janine.

—Tú debes ser Janine.

—¡Oh! —responde Janine, echando hacia atrás su elegante cabello rizado negro—. ¿Ha oído hablar de mí, entonces?

Abu Torrelli contesta:
—He oído que una chica nueva, muy agradable, que se llama Janine, se ha mudado al vecindario. Me imagino que debes ser tú.

Janine contempla con expresión resplandeciente a Abu Torrelli y responde animadísima:
—¡Soy yo!

Lo intento todo para impedir que la tigresa salte. Respiro hondo un par de veces y procuro mantener la calma.
—Estamos haciendo pasta —digo.

—¿Síííí? —dice Janine pronunciando ese "síííí" como si hacer pasta fuera lo más extraordinario que jamás, en toda su vida, hubiera oído—. ¿La pasta realmente se hace? Vaya, vaya. Es de lo más fascinante. ¿Y *cómo* la hacéis?

Abu Torrelli me mira con rapidez, como para comprobar que mi tigresa está bien sujeta. Abu le cuenta a Janine lo de la harina y los huevos y la masa pero, antes de que pueda acabar, Janine la interrumpe:

—¡Oh, es tan extremadamente fascinante!

Yo estoy pensando que me moriré si se queda para ayudarnos. Me gustaría atarla y tirarla por la ventana.

Bruno está allí de pie sonriendo su sonrisa a todo el mundo; todavía tiene las manos metidas en el cuenco de la pasta.

Pero me eximen, al menos, de una maldita cosa. Janine dice:

—Me gustaría muchísimo quedarme y mirar, pero no puedo —se vuelve hacia Bruno y añade—: Vengo de tu casa, Bruno, pero tu mamá me dijo que estabas aquí.

Grrr. ¿Ni siquiera había venido a verme a *mí*, a su nueva mejor amiga?

Janine continúa a toda velocidad:

—Sólo quería saber, Bruno, a qué hora tengo que ir mañana para mi primera clase de Braille.

Abu Torelli se levanta de su silla, como si se dirigiera al fregadero; lo hace para pasar a mi lado. Me echa una mirada rápida, una simple mirada, pero llena de significado. Esa mirada me advierte sobre mi parte tigresa, pero hay algo más en ella, como si me estuviera trasmitiendo un poco de consuelo.

Y de repente me encuentro pensando: "¡Oh no, oh no, mañana no, por favor mañana no!", porque aún no le he recordado a Bruno que mañana es el día de nuestra fiesta de la pasta. Hoy hacemos la pasta y la salsa, y mañana lo juntamos, para comerlo yo, y Abu Torrelli, y Bruno, y Carmelita, y mamá y papá. Y ahora no puedo decirle eso a Bruno, porque Janine querrá venir también a la fiesta de la pasta, y yo no quiero que Janine venga; ni aunque *sea* mi nueva mejor amiga; además no es mi mejor amiga, para nada.

Pero quizá Bruno sepa lo de mañana, puede que Carmelita se lo haya dicho, porque le contesta a Janine:

—Mañana no puedo, lo siento. ¿Qué tal el lunes después del colegio?

Siento unos deseos grandísimos de darle un abrazo a Bruno por decirle que mañana nada, pero también me gustaría dispararle por decirle que el lunes después de las clases.

Janine no se descompone lo más mínimo:

—Oh, estupendo, Bruno. ¡El lunes es genial! ¡Perfecto! ¿Quieres venir a mi casa?

Grrr.

—Claro —dice Bruno.

—¡Perfecto! —dice ella, echándose hacia atrás su elegante pelo negro rizado—. Adiós, Bruno (le aprieta el brazo, le palmea el hombro), adiós, Abu Torrelli (sonriendo su perfecta y blanca sonrisa), adiós, Rosi (palmea mi lado de tigresa)—, adiós, adiós, adiós.

Y se va, y nos deja a los demás en la estela de esa risueñísima niña Janine.

Abu Torrelli está de pie, a mi lado. Cuando la puerta se cierra, me susurra una sola palabra al oído:
—Violeta.

Corte de pelo

En la habitación se hace un terrible silencio durante varios minutos hasta que Abu Torrelli examina la masa y dice:

—De acuerdo, esta masa necesita reposar un poco —y aparta el cuenco a un rincón. Bruno se va al fregadero a lavarse las manos y yo me quedo en el centro de la cocina, como un pez arrojado a la orilla.

Abu Torrelli se echa hacia atrás en su silla y dice:

—Bueno, ¿así que queréis seguir oyendo la historia de Vio-le-ta?

Bruno y yo contestamos rápidamente "¡sí!", como si los dos agradeciésemos que Abu rompa el silencio de la cocina.

—No me siento demasiado orgullosa de lo que voy a contaros —dice—, pero no creo que me culpéis por ello.

Me sonríe y añade:

—Así que ahí está Violeta con sus largos y bonitos cabellos, babeando por mi Pardo, y es como si Pardo se hubiera convertido en su esclavito ayudándola a llevar esto y a resolver lo otro y yo me hubiera convertido en un monstruo, de lo furiosa que estaba con los dos.

Abu Torrelli se inclina hacia delante y baja la voz como si fuera a contarnos un secreto:

—Así que un día, aprovechando que Violeta estaba sola, le pregunté si no tenía calor con todo aquella tupida mata de pelo sobre su espalda. Ella me contestó que sí, que un poco, y yo le dije que se sentiría mucho mejor si se lo cortaba y que, en mi opinión, iba a estar guapísima con el pelo corto. Eso no era cierto, yo no creía que fuera a estar guapísima con el pelo corto. Ya digo, me había convertido en un monstruo.

Bruno se seca las manos, se sienta a la mesa y pregunta:

—¿Y? ¿Qué pasó?

—Le digo a Violeta que soy buena peluquera (otra mentira), voy a por las tijeras, y convenzo a Violeta de que me deje raparle su hermoso pelo largo.

—¡No! —digo yo—. ¿De verdad?

—De verdad, de verdad —responde Abu Torrelli tocándose su pelo recogido en un moño que lleva bien sujeto a la nuca—. Clac, clac, clac, todo su hermoso pelo largo cayendo al suelo, y cuando la carnicería está a medias me entra el miedo y me pregunto qué estoy haciendo. Freno, y empiezo a cortar con un poco más de cuidado, intento igualar los lados, quito un poco más de allí, otro poco de allá... durante todo ese rato, Violeta está sentada, tapándose la boca con las manos y soltando pequeños gritos mientras su pelo cae al suelo.

Bruno menea la cabeza. No puede creer que mi Abu Torrelli sea una niña monstruo.

—Por fin termino —añade Abu Torrelli—. Me tiemblan las manos. Violeta se pone en pie, levanta la cabeza, y yo casi me muero del susto cuando la miro bien.

—¿Tan mal estaba? —pregunto. Ya me regodeo con el pensamiento de agarrar las tijeras y encargarme de la cabeza de Janine, rapándole todo aquel bonito y elegante pelo negro rizado—. ¿Estaba Violeta fea, pero fea de verdad?

Abu Torrelli golpea la mesa, una, dos, tres veces, y responde:

—¡No! No estaba en absoluto fea. ¡Estaba *más* guapa todavía!

Bruno se ríe; yo dejo escapar un sonido entrecortado.

—Pero, pero.... —no se qué decir, tengo demasiadas cosas que me hierven en la garganta—. ¿Y Pardo? —pregunto finalmente—. ¿Qué le pareció el nuevo pelo corto de Violeta?

Abu Torrelli contesta:
—¡Bah! ¡Pensó que tenía el aspecto de una estrella de cine!

Abu Torrelli se levanta y añade:
—Tengo que hacer una pequeña pausa.

Y se va al baño, dejándonos a Bruno y a mí solos en aquella cocina demasiado silenciosa con la masa y los pensamientos de Janine y de Violeta dando vueltas en el aire.

Una larga pausa

Estamos aquí, tan tranquilos, en la cocina, Bruno y yo, mientras Abu Torrelli hace su pausa. Bruno extiende una mano por encima de la mesa, encuentra la mía y le da un suave golpecito. Su cara tiene una expresión peculiar.

—Rosi, ¿estás celosa?

—¡Bah! —digo, igual que Abu Torrelli—. ¿Celosa? ¿Yo? ¿De qué?

—De Janine.

—¿De Janine? ¿Celosa de Janine? ¿Por qué tendría que estar celosa de Janine?

Mi cabeza es un torbellino: mis pensamientos se suceden a toda velocidad, chocan unos con otros.

Estoy celosa, lo sé, un millón, un quintillón de veces celosa, pero no puedo evitarlo.

Bruno me da otro golpecito en la mano.
—No sé por qué tendrías que estar celosa de Janine a menos que creas que me gusta más ella que tú, Rosi.

¡Crash! ¡Zing! Las cosas vuelan en mi cabeza a toda velocidad. Estoy pensando "date prisa, Abu, date prisa, vuelve de tu pausa y rescátame antes de que diga algo absolutamente estúpido". Pero Abu Torrelli está haciendo una pausa larga, muy larga.

Por último digo:
—Bueno, y ¿te gusta, Bruno? ¿Te gusta más que yo?

Estoy estupefacta ante mi parte arrogante. Quiero que me responda, pero sólo si la respuesta es la correcta. Si no es la respuesta correcta, quiero que Bruno se evapore, y que el mundo entero se desvanezca.

Bruno se encoge de hombros y dice:
—No creo.

Esta es su respuesta: "no creo". Mi tigresa se pone furiosa.

—¿Que no lo crees? —respondo—. ¿No lo *crees*?

La boca de Bruno hace un gestito:
—¿Te he dado la respuesta errónea? —dice.

Y entonces aparece Abu Torrelli, que vuelve de su larga pausa; la respuesta errónea sigue suspendida en el aire, colgando pesadamente en el aire de la cocina.

Serpientes

Abu echa un vistazo a su alrededor, siente que quizá su pausa debería haber sido aún más larga, y pone cara de no saber si marcharse o no de nuevo, pero termina por dirigirse decididamente a la encimera y levantar el cuenco de pasta.

—*Bene* —dice—, voy hacer mis pequeños milagros y luego haremos las serpientes.

—¿Serpientes? —dice Bruno.

—Lo más divertido —responde Abu—, ya lo verás.

Espolvorea entonces harina en un tablero, vuelca la masa en él y empieza a amasar, a golpear y a enrollar la pasta con sus manos, con tanta suavidad, con tanta gracia que la pasta termina suavísima y reluciente. Nada de bolas pegajosas. Tiene un aspecto precioso. Entonces le da forma ovalada y, con el gran cuchillo, va cortando trocitos, cada uno del tamaño de un pequeño limón; por último coloca una de estas bolitas de pasta frente a nosotros.

—Daos harina en las manos —dice—. Así.
Le enseña cómo hacerlo a Bruno, haciéndole tocar sus manos.
—Ahora hay que hacer las serpientes. Rosi, enséñale a Bruno.

La niña indignada. No me apetece enseñar a Bruno. Abu me guiña un ojo. Me pongo al lado de Bruno, agarro sus manos y las llevo hasta la masa con las mías sobre ellas; así le enseño a enrollarla con sus dedos hasta que se hace más larga y más fina.

Con mis manos sobre las suyas dejo de sentirme furiosa con Bruno.

—Oh, ya lo tengo —dice; así que le suelto las manos y retrocedo, contemplando con qué destreza convierte su pasta en una serpiente perfecta.

Por dentro pienso cosas buenas y cosas terribles. Quiero quedarme aquí mirando a Bruno para siempre. No quiero que se vaya jamás. No quiero que vuelva a ver a Janine. Odio a Janine por venir a vivir a nuestro vecindario. Quiero que las serpientes sean reales, que repten por las patas de la mesa abajo, que se deslicen bajo la puerta, que lleguen a casa de Janine y...

—¿Vas a ayudarnos, Rosi? —dice Abu Torrelli, sacándome de golpe de mis pensamiento y devolviéndome a la cocina y a la masa.

Hacemos todas las serpientes, y Abu Torrelli me dice que las vaya cortando, y yo lo hago, las troceo en piezas de unos tres centímetros. Me encanta la parte siguiente, cuando hacemos los pequeños *cavatelli*.

—¿Enséñale a Bruno, quieres, Rosi? —dice Abu Torrelli, y me siento feliz de poner mis manos de nuevo sobre las de Bruno, de meter sus dedos en la harina y de enseñarle cómo coger cada una de las pequeñas piezas y enrollarla apretándola entre su dedo índice y su pulgar, hasta obtener una forma perfecta: algo parecido a una pequeña canoa de pasta.

—*Bene, bene* —dice Abu Torrelli, sentándose frente a nosotros. Nos observa a Bruno y a mí, juntos, uno al lado del otro, mientras hacemos pequeñas canoas de pasta, los *cavatelli*. Y durante un rato estamos muy tranquilos en la cocina, y yo estoy fuera de mí misma, un lugar donde hay serenidad.

Salsa

Tenemos todos los *cavatelli* extendidos en el tablero enharinado y vamos a dejar que se sequen. Abu Torrelli dice:

—*Bene, bene*, ha llegado el momento de la salsa.

Así que se dirige al frigorífico y saca costillas, carne picada, huevos, ajos, cebollas y tomates. Del armario saca sal, pimienta, orégano, hojas de laurel y aceite de oliva.

—Soy la directora —dice—. ¡Vamos a poner en marcha esta peli!

Abu vierte aceite de oliva en la gran cazuela roja mientras Bruno y yo cortamos cebollas y ajos, y después los echamos a la cazuela y... ¡qué olor en la cocina, qué buen olor!

—Costillas —dirige Abu, y Bruno echa las costillas en la cazuela, donde chisporrotean.

—Tomates, troceados —dice Abu, así que los troceamos todos mientras ella abre una lata de tomate triturado (rojo, espeso puré) y la vierte en la cazuela con los tomates.

Mientras las costillas se doran, no puedo evitarlo, pregunto:

—¿Y entonces que le pasó a Violeta?

—¡Bah! —responde Abu Torrelli sentándose en la silla y oliendo los buenos olores de la cocina—. Ahora llega lo que de verdad pasó: Marco.

—¿Quién es Marco? —pregunta Bruno.

Abu Torrelli hace una mueca de niña pequeña, una mueca muy traviesa, y responde:

—Un chico muy guapo, que vino a pasar una temporada con su abuela, en la casa de al lado. Un chico muy listo, además, y *molto* encantador.

Abu sonríe al techo, como si Marco el chico guapo, listo y encantador estuviera flotando por allí.

—¿Qué tiene que ver Marco con Violeta? —pregunto.

—¡Ah! —responde Abu Torrelli—, todo.

Hace un gesto con la mano hacia los tomates y dice:

—Tomates a la cazuela.

Obedecemos.

—Revolved. Tomate triturado. Dos latas de agua. Revolved.

—¿Dónde estábamos? —dice.

—Marco —dice Bruno.

—Ah, sí, sí Marco. Marco vive en la casa de al lado, y a Marco le parezco encantadora. De verdad, ésta es la palabra que utilizó: encantadora. Es diferente en italiano, pero ¿entendéis lo que digo? ¡Soy encantadora!

Esa Abu Torrelli me hace reír. Hace reír también a Bruno.

—Así que Marco aparece por mi casa día y noche, volviendo una y otra vez como un burro enfermo, por favor, te gustaría dar una vuelta conmigo, por favor, querrías venir a comer, por favor, por favor, por favor.

La cabeza de Bruno está nuevamente inclinada hacia arriba; su pose de pensar.

Abu Torrelli apunta con los dedos a la cazuela roja, donde hierven todos esos buenos olores:
—Hojas de laurel; orégano, dos pellizcos. Sal, tres pellizcos. Pimienta, montones.

Lo echamos todo, y revolvemos.

Bruno pregunta:
—¿Y qué pensaba Pardo de Marco?

Abu Torrelli junta las manos y contesta:
—¡Pardo lo odiaba! ¡No podía ni verle!

Intento imaginármelo: una pequeña película se desarrolla en mi cabeza. En ella aparece Pardo desmayándose por Violeta, y Abu Torrelli cortándole a lo bestia el pelo a Violeta, y Violeta que termina pareciendo una estrella de cine, y luego Marco que llega y se desmaya por mi Abu Torrelli, y Pardo odia a Marco.

Bruno asiente:
—Ya entiendo —dice—. El zapato ha cambiado de pie, ¿no?

—Sí, ¿cómo lo decís vosotros? Dar en el blanco, ¿no? Has dado en el blanco, chico Bruno. Al principio no me enteraba —añade Abu Torrelli—. Al principio pensaba: "¿Por qué es mi vida un lío tan enorme? ¿Por qué tenía que venir Violeta y robarme el corazón de Pardo y por qué tenía que venir Marco y ponerse tan pesado?".

Cuando oigo eso pienso: "¿Por qué tenía que venir la chica Janine? ¿Por qué, por qué, por qué?".

Quiero oír más, pero entonces Abu Torrelli dice:
—Alto. Las albóndigas.

Le acerca un cuenco a Bruno y le indica que vierta en él la carne picada, los huevos, la sal y las cebollas, y pronto tenemos las manos metidas en la masa de nuevo. De carne esta vez, y la apretamos y la mezclamos bien, mientras los tomates-ajos-cebollas-costillas-laurel y orégano hierven en la gran cazuela, y los olores nos envuelven, y casi se me sube todo a la cabeza, los olores y la carne picada y la película que veo en mi interior.

Y quiero saberlo todo, pero todo: ¿qué sucedió con Violeta y Pardo y Marco y Abu Torrelli, y qué sucederá conmigo y con Bruno y con Janine, y por qué no hay aquí un Marco que me encuentre encantadora?

La casa amarilla

Lo que pasa después es tan raro que me pregunto si se trata de la película de mi cabeza y no de lo que verdaderamente está sucediendo.

Estoy aquí de pie, con las manos metidas en el cuenco de carne picada, con las manos de Bruno junto a las mías, y entonces veo un gran camión que baja despacio por la calle, un camión de mudanzas. Se detiene al otro lado de la calle, tres puertas más abajo.

—No me lo creo —digo.

—¿El qué? —responde Bruno.

Los ojos de Abu siguen los míos. Mira por la ventana y sonríe un poquito.
—Un camión de mudanzas —digo—. Parece que se detiene justo en esa casa vacía que queda más o

menos enfrente de la tuya, Bruno, la amarilla.

—Qué curioso —dice Bruno.

—Vaya, vaya.

Saco las manos del cuenco de la carne picada, me acerco al fregadero y me pongo a mirar por la ventana. Un coche aparca detrás del camión de mudanzas. Dos coches. En uno va una mujer y una niñita. En el otro un hombre y dos chicos. ¿Gemelos? Tal vez de mi edad, quizá un poco mayores.

Bruno se acerca al fregadero.
—Cuéntame —me dice.

Le describo lo que veo. Le hablo del camión de mudanzas y de los dos coches, le hablo del hombre de la mujer y de la niñita. Y añado, del modo más casual del mundo, que hay dos chicos, quizá gemelos.
—No me lo creo —dice. Está nervioso, irritado; le fastidia no poderlo ver él mismo y no saber si le estoy diciendo la verdad.

Miro resplandeciente a Abu Torrelli. "Bien, bien, bien —pienso—. ¡Doble Marco!".

Albóndigas

Bruno vuelve al cuenco y empieza a convertir pequeñas cantidades de carne picada en albóndigas y a echarlas en la gran cazuela roja llena de salsa hirviente.

—Eh, Bruno —dice Abu Torrelli—, suave, suave. Las pequeñas albóndigas no se sienten bien tratadas.

—Hmmff —gruñe Bruno. Hace otra albóndiga y la echa en la salsa. Una gota salta de la cazuela y le cae en la muñeca. Hace un gesto pero no dice nada.

—¿Quieres acercarte a conocer a los nuevos vecinos? —le pregunto a Bruno.

—No puedo —responde—. Estoy haciendo albóndigas. Y pensaba que tú también.

Abu pasa su mirada de Bruno a mí con una expresioncita rara en la cara, cuyo significado soy incapaz de descifrar. Entonces dice:

—Tengo que hacer una pequeña pausa.

Y se va de nuevo al baño, y me deja en la cocina con Bruno, las albóndigas maltratadas y la salsa saltarina.

Meto las manos en el cuenco, hago una albóndiga, suave, suave, y la pongo en la mano de Bruno para que pueda echarla a la cazuela. Su mano se queda ahí tendida unos segundos, como si valorara el regalo que acabo de hacerle. Entonces la deja caer en la cazuela y dice:

—Creí que ibas a salir para presentarte a los nuevos vecinos.

Oigo al rey de las nieves en su voz.

Mi primer impulso es decir, "no, Bruno, me voy a quedar aquí contigo para siempre", pero algo me detiene, algún animalejo astuto que ha reemplazado a mi tigre.

No digo nada, que es algo que Bruno odia, lo sé. Por lo general, si dejo de hablar y él no sabe por qué, pone las manos sobre mi cara para leer mi expresión, pero tiene las manos pegajosas de carne picada, así que no hace nada. Ya sé que es mezquino quedarme en silencio en este momento, pero el animalejo astuto ha tomado el control, y la chica Rosi ya no depende de mí.

Bruno tantea buscando el cuenco, encuentra mis manos en él, deja las suyas sobre las mías un instante brevísimo y las aparta inmediatamente para agarrar un poco más de carne picada.

Miro por la ventana. La nueva familia está de pie en el césped hablando con los de la mudanza. Uno de los posibles gemelos está driblando con un balón de baloncesto.

—Vaya —le digo al aire—. Uno de los chicos nuevos juega con un balón de baloncesto.

—¿Y? —pregunta Bruno.

El animalejo astuto salta:
—Siempre he querido aprender a jugar al baloncesto —digo. Y, como el animalejo es verdaderamente mezquino, añado—: Quizá me enseñen.

¡*Plop*! Oigo que otra albóndiga cae en la salsa. ¡*Plop*! ¡*Plop*! Dos más.

Abu Torrelli vuelve de su pausa. Me mira atentamente, estudia a Bruno y frunce un poco el ceño.

—¿Cómo va esa salsa, Bruno? ¿Y las albóndigas?

—No pueden ir mejor —responde Bruno con su voz de rey de las nieves.

No tan rápido

Las albóndigas están en la cazuela y Bruno remueve la salsa.

—¿Hemos terminado? —pregunta.

Abu Torrelli responde:

—Veamos, los *cavatelli* hechos y reposando. La salsa y las albóndigas hirviendo.

Bruno se quita el delantal y dice:

—Bien, me parece que me voy.

El animalejo astuto desaparece. No quiero que Bruno se vaya. Tal vez Abu Torrelli se da cuenta, porque dice:

—Espera un minuto, chico Bruno, ¿no quieres oír el final de la historia de Violeta-y-Pardo-y-Marco?

Bruno duda; no parece muy contento.

—Quédate, Bruno —digo.

—Podéis lavar los cuencos mientras yo hablo —dice Abu Torrelli.

Yo lavo, Bruno seca, Abu Torrelli habla:
—De acuerdo. ¿Dónde estábamos? Ah, sí, sí, Marco que no se apartaba de mí ni un momento, como si fuera un burro enfermo, y yo encantadora. Aunque no me di cuenta inmediatamente, me percaté pronto de que después de que mi colega, mi amigo Pardo, ve que Marco no se aleja de la casa, Pardo viene siempre, me presta atención, me dice que Marco es *stupido*.

Estoy lavando el cuenco de la carne picada, y traduzco Pardo por Bruno y sonrío. Miro por la ventana a los puede que gemelos y me pregunto si los dos me encontrarán encantadora, y si Bruno dirá que son *stupidi*.

Abu Torrelli se mueve en su asiento, levanta los pies y continúa:
—Entonces Violeta empieza a engatusar a Marco. Dice "oh, Marco, eres tan listo, eres tan guapo, eres tan fuerte, ¿me vas a ayudar con esto y me vas a ayudar con lo otro?".

Le paso el cuenco de la carne picada a Bruno para que lo seque mientras pienso: "¿¡Qué!? ¿Qué la chica Janine les va a echar el ojo también a los puede que gemelos? ¡Vaya morro!".

Y en serio: mientras pienso esto miro por la ventana y veo por ella a Janine, dando saltitos calle abajo y saludando con la mano a los nuevos vecinos. Mi tigresa quiere saltar por la ventana y agarrarla. Parte de mí quiere salir a toda prisa por la puerta y dejarla con un palmo de narices y otra parte quiere quedarse con Bruno y oír qué sucedió con Violeta y con Marco y con Pardo.

Bruno parece asombrado y no estoy segura por qué. Le dice a Abu Torrelli:
—La trama se está complicando mucho.

—Sí, sí, Bruno, muy cierto —responde Abu Torrelli con un tono más amable—. Y además estaba la niña Gattozzi.

—¿Quién? —pregunto con la cabeza hecha un lío, incapaz de concentrarme; mientras, veo que Janine da saltitos, saltitos, y sigue dando saltitos, hasta que llega justo enfrente de los nuevos vecinos. Se agacha para hacerle mimos a la niñita, sonriente, inclinando su cabeza a un lado y a otro. Tengo que apartar la mirada; no soporto ese cuadro.

Abu Torrelli tiene un aspecto triste cuando explica:

—Los Gattozzi, vivían en nuestro pueblo, una familia muy agradable, con una niñita de pocos meses, el bebe más hermoso que yo había visto jamás, pero se puso enferma, muy enferma y todo el mundo rezaba por ella. Fui a ver a los Gattozzi, a llevarles sopa preparada por mi madre. Me dejaron ver a la niñita, muy sofocada en su cestito, y yo le acerqué la mano y la niña la agarró y no quería soltarme. Su manita, muy caliente, apretaba la mía.

Me siento junto a Abu Torrelli y tomo su mano mientras pienso, "por favor, no me digas que la niñita murió".

Hay un gran silencio en la cocina: sólo se oye la salsa que hierve y el zumbido del frigorífico.

—Yo me siento con la niña —sigue Abu Torrelli—. Me siento todo el día. No me soltaba los dedos. Sus padres me dejan que esté allí, y ella sigue agarrándose a mis dedos, y durante todo el rato que estoy allí con el bebé enfermo no pienso ni en Violeta, ni en Pardo, ni en Marco. Sólo pienso que la niña tiene que ponerse mejor. *Tiene* que ponerse mejor.

Bruno se acerca a la mesa. Su expresión es dulce, amable. Su mano cruza la mesa y le da un golpecito en la muñeca a Abu Torrelli, y deja allí sus dedos, mientras los míos cubren su otra mano.

Hay tanto silencio y tanta tristeza en aquella cocina con nuestras manos sobre la mesa... las suaves y arrugadas de Abu, las fuertes de Bruno y las mías, las normales de la chica Rosi.

El bebé

Abu Torrelli olfatea.

—Revuelve —dice. Me levanto, revuelvo la salsa, respiro su aroma especiado, vuelvo a la mesa.

—Bien —continúa Abu Torrelli—, la niñita Gattozzi. Me senté allí toda la tarde, con ella, hasta que mi hermana vino a por mí. Volví a la mañana siguiente, con un cuenco de pasta que había preparado mi madre. La niña parecía estar un poco mejor, dijo su madre. Fui a verla y de nuevo su manita se agarró a mis dedos. Empecé a cantarle.

Abu Torrelli levanta la vista y nos mira:

—¿Pensáis que estoy loca?

Los dos negamos con la cabeza, No, no pienso que esté loca. Mientras habla es como si estuviera allí, en el pueblo de mi Abu Torrelli, y tengo la niña en brazos y le canto.

—Le canto las canciones de mi madre y de mi abuela —dice Abu Torrelli—, pequeñas nanas que creía haber olvidado. Me quedo allí sentada hasta que mi hermana viene a por mí de nuevo. A la mañana siguiente vuelvo, con más sopa. ¡El bebé se ha ido! ¡Los padres se han ido! ¡No hay nadie en la casa! ¡Me pongo histérica! Me siento en los escalones y sollozo como una niña pequeña.

Mientras escucho a Abu Torrelli, también yo tengo miedo y temo que se me va a escapar un sollozo en la cocina con Bruno y Abu. Miro a Bruno: tiene la cabeza baja, y quiero que la levante, quiero verle la cara.

Abu Torrelli dice:

—Y mientras estoy sentada allí sollozando, ni siquiera oigo a los padres que vienen calle arriba. Doy un salto cuando la madre me da un golpecito en el brazo, y me parece que me va a dar un ataque al corazón porque allí están, con la niña en brazos, y la niña sonríe, y entonces dicen "todo va bien, está mejor". Y me dejan que la tenga en brazos, y la pequeña niña Gattozzi me agarra los dedos muy fuerte, y canto para ella y soy tremendamente feliz.

Dejo escapar un gran suspiro de alivio y Bruno levanta la cabeza, y me percato de que también él se siente aliviado.

—Y de esto se trata, Bruno y Rosi; cuando fui a casa ese día me sentí como si tuviera diez años más. Vi a Violeta camino de casa de Pardo y vi a Marco al otro lado de la calle buscándome, y no puedo explicarlo, pero sentí como si mi mundo fuera mayor.

Bruno se levanta y remueve la salsa.

—Y éste es el final —añade Abu Torrelli—, o el principio, según lo mires: al poco Violeta volvió a su casa de siempre, Marco a la suya y allí nos quedamos nuevamente Pardo y yo.
Se encogió de hombros y concluyó:
—¿No es una historia un poco aburrida?

Le doy un golpecito en la mano a Abu. "Es perfecta", pienso.

Acompaño a Bruno a la puerta y le recuerdo que mañana es la fiesta de la pasta. La tigresa, el animalejo astuto y la reina de las nieves deben estar durmiendo, porque me oigo decir a mí misma:
—¿Invitamos a Janine?

Bruno responde:
—Podríamos invitar también a los nuevos vecinos, ¿no?

Le toco el brazo y contesto:

—No me importa si viene todo el pueblo mientras tú vengas, chico Bruno.

Bruno sonríe un poquito, desciende tanteando los escalones y se vuelve para decir adiós con la mano.

Le devuelvo el saludo, aunque sé que no puede verlo. Y pienso que no puedo controlar quiénes vienen y quiénes van y quién será mi compañero, mi amigo, y quién me encontrará encantadora, y me siento extrañamente aliviada.

La fiesta de la pasta

Es domingo, y Abu Torrelli y yo estamos poniendo la mesa en el comedor; doce servicios. Estamos poniendo la vajilla buena, la de Abu Torrelli. Tiene pequeñas rosas rojas y pequeños pámpanos verdes. Carmelita trae zinnias de su jardín: rojas, amarillas, naranjas, púrpuras... las colocamos en un jarrón sobre la mesa.

Mamá y papá están en su cuarto, vistiéndose, y Bruno y Carmelita están en la cocina calentando la salsa y el agua para los *cavatelli*. Nuestra casa huele muy bien y tiene muy buen aspecto.

Y pronto empieza a llegar la gente: primero Janine la saltarina, con una caja de bombones, y después el señor y la señora Jefferson, los nuevos vecinos, con su niñita, Lucille, y sus dos chicos, que después de todo no son gemelos. Se llaman Johnny (de mi edad) y Jack (un año mayor). Lucille le alcanza a mamá una cesta de fruta, y mamá se inclina para darle las gracias.

Es bueno estar todos apiñados en nuestra casita, porque si hubiera más sitio seríamos menos amables los unos con los otros, creo.

Mamá y papá charlan con el señor y la señora Jefferson, Abu y Carmelita parlotean animadamente en la cocina, y Lucille corretea por las habitaciones mirándolo todo.

Janine salta de unos a otros, enseñando sus blancos dientes, Bruno habla con Johnny y Jack, y yo sobre todo escucho y observo, disfrutando que nuestra casa esté llena de gente que habla y que ríe.

Llevo el cuenco humeante de los *cavatelli* cubiertos con la maravillosa salsa roja a la mesa, Abu Torrelli trae el cuenco de albóndigas y de costillas, y Carmelita la salsa sobrante. Bruno viene con el queso y papá trae la ensalada, y mamá echa agua a los vasos de todos.

Y Abu Torrelli inclina la cabeza, dice una pequeña oración y al final bendice a su papá y a su mamá, a sus hermanas y a sus hermanos y a todos los que nos sentamos a la mesa. Luego levanta su vaso y añade:

—A la salud de Rosi y Bruno, que han hecho nuestra deliciosa comida.

Todo el mundo levanta su vaso, Bruno y yo sonreímos y Abu Torrelli hace un gesto de afirmación con la cabeza y dice:

—*Tutto va bene*.

Todo va bien.

—¡Bienvenidos a la calle Pickleberry! —añade Abu Torrelli, y todo el mundo se ríe.

Miro alrededor de la mesa a toda la gente que se sienta a ella y levanto la vista al techo y pienso en la mamá y el papá y las hermanas y los hermanos de Abu Torrelli, y en Pardo y en el abuelo Torrelli, todos en el cielo celebrando su propia fiesta de la pasta, y mi mundo parece un poco mayor.

Miro de nuevo a Abu Torrelli, al otro lado de la mesa, que se lleva un bocado de *cavatelli* a la boca. Hace una pequeña pausa y dice de nuevo, pero esta vez sólo para mí:

—*Tutto va bene*.

Y tiene razón.